# 记忆的绳子

罗春柏 著

中国书籍出版社
China Book Press

图书在版编目(CIP)数据

记忆的绳子 / 罗春柏著. -- 北京:中国书籍出版
社,2022.4

ISBN 978-7-5068-8969-8

Ⅰ.①记… Ⅱ.①罗… Ⅲ.①诗集-中国-当代
Ⅳ.①I227

中国版本图书馆 CIP 数据核字(2022)第 051338 号

**记忆的绳子**

罗春柏　著

| | |
|---|---|
| 责任编辑 | 张　娟　成晓春 |
| 装帧设计 | 书香力扬 |
| 责任印制 | 孙马飞　马　芝 |
| 出版发行 | 中国书籍出版社 |
| 地　　址 | 北京市丰台区三路居路 97 号(邮编:100073) |
| 电　　话 | (010)52257143(总编室)　(010)52257140(发行部) |
| 电子邮箱 | eo@chinabp.com.cn |
| 经　　销 | 全国新华书店 |
| 印　　刷 | 成都兴怡包装装潢有限公司 |
| 开　　本 | 880 毫米×1230 毫米　1/32 |
| 字　　数 | 165 千字 |
| 印　　张 | 7.25 |
| 版　　次 | 2022 年 4 月第 1 版 |
| 印　　次 | 2022 年 4 月第 1 次印刷 |
| 书　　号 | ISBN 978-7-5068-8969-8 |
| 定　　价 | 48.00 元 |

# 天容海色本澄明

## ——罗春柏诗集《记忆的绳子》序

叶延滨

诗人罗春柏是享誉诗坛的广东诗人。近年来，他的作品常在国内影响较大的文学期刊《诗刊》《中国作家》《人民文学》《十月》《星星》上与读者见面，并获广东第九届"鲁迅文学奖"。这本《记忆的绳子》问世，显示了诗人不竭的创作活力，同时也再次清晰地表现了诗人的艺术风格和诗歌品格。品读这本诗集里的诗作，会让我们认识到这位诗坛中坚对诗歌精神的坚守和不懈的艺术追求。

罗春柏不是弄潮儿型的诗人，他是以沉稳的姿态出现在诗坛的。这些年在诗界高频度出现的词汇，如标新立异、惊世骇俗、一鸣惊人，都与罗春柏无缘。从他稳健而丰富的创作经历中，读者可以把握他作品的艺术风貌。罗春柏是一位承继中国诗歌传统，同时汲取当代中外诗歌营养，守正创新，文脉清晰，不事张扬的优秀诗人。罗春柏的创作实践，承古训，看世界，敬天地，修内心："你是我的朝圣者/我以虔诚，扫除残雪/以诗歌，召唤/

蘸满阳光的足音/当山门，飘过钟声/一起走进多彩的花园。"这些诗句出现在一首献给春天与爱情的诗篇中，让我们感受到一种高雅的情操。何谓高雅？诗歌之品格，诗人之修为也。不媚俗，不轻狂，饱含敬畏之心；用真心，用真情，探求人性之善；以虔诚，以执着，追索世间大美。真爱大美是世间珍品，诗人的每次写作，都是心灵与真爱的一次偶遇："不经意，见到你/无言以对/只有微笑着/让心的蝶影飞出/平日的樊篱//追寻清香，来到/雪源深处/不管有无朔风/蝶翅，与花瓣相舞/盼不要零落成泥/待到山花烂漫/尽在丛中欢笑//蝉鸣唤来雷雨/浇绿大地/多情的风吹来/一串苦涩的果/谁尝试，这/人间的忧忧戚戚//此时，面对你/什么都不必说了/做一棵青竹/只有相伴而已。"这首《遇见》，年轻人可以看作是一首爱情诗，长者可以看成是一首爱美的诗，过来者还可看作是一首回眸所爱的忆念诗。不求拥有，珍惜所遇，这是人生境界的一次提升，也是诗歌精神的一次体验。细品这首诗，读者会感悟到，诗人有何等修为，诗歌就有何等品位。

罗春柏不是一个以文字谋生的诗人。他曾在为百万市民服务的重要岗位担任重要职务。但无论是在职还是退休，他的诗歌一贯以淡泊宁静的风格面对读者。诗歌对于罗春柏也是"一棵青竹，只有相伴而已"。人间万象，尘世风雨，道路险阻，对于诗人罗春柏都是不可逃避的现实和必须面对的人生。然而，诗歌也时时给予他另外的境界，正如《走出云雾》这首短诗所写："走出昨天云雾/又遇今日的阴霾/蜗居家中，一杯/清茶，一本线装书/偶尔，看看/窗外树上的小雀//当然，我也曾心动/想走走南山/访访老友/问问菊花在风中/为谁开着。"换景移情，诗境心境。诗人不创造世界，诗人只是面对风雨天地敞开心灵。写诗其实是养性，诗狂诗痴诗魔，皆因诗为心境。在罗春柏的诗中，我们看到了淡泊恬静宽阔的心境。历尽风波不言难，世事洞明笔有神。读罗春柏的诗，常能分享一种从超越现实得失，体察万物的人生体验："大野混沌，有人/在高峰上竞走/我在山下，不理会/四季的喜怒/只听着，经幡/拂动的声音。""小河，盛满蓝天/苍茫深不可及/你是否知道/不管流缓还是流急/追逐着的，都是/自己的水声。"一诗一境界，境语皆心声。这些诗歌简洁明快，是诗人经历的剪影，也是风雨岁月孕育的珍珠，更是生活之河里磨砺出的宝玉。品鉴诗人的这些作品，我们可以感受到诗人完善自我的修炼之旅。正如诗作《爬山》，截取一段生活场景，象征人生乃是一场向上的攀登，同时又是知足和领悟人生的释然。兼济天下与独善其身，中国知识分子的理想化成洗尽铅华的诗情："你呼着我/我应着你/深一脚浅一脚/走上时隐时现的路//还是这座山/这个峰/当年风飘大旗/广阔的天地/一代芳华/以歌声追逐/高飞的鸟翅//今日重游/草木且荣且枯/秋霜染了青丝/路依然陡峭/阳光下/有雨忽来忽去//到山顶了/你喘一会儿气/放空自己/我盘腿而坐/领悟四野的空灵//谁仰面长天/泪水滴落草地/谁在感叹天边彩霞/让我们齐唱/不曾忘记的一曲。"娓娓道来的一段登山之行，写出了行走天地间的羁旅人生。在空灵四野中放空自己，是攀登者精神的升华，更是诗人对读者的引领，引领我们在这些作品中走进一个澄澈博大的世界：善良、悲悯、宽容、真诚。人生一世，荣辱得失，进退浮沉，名利凉热，都是尘世赐予芸芸众生的生存常态。难得的是回首往事，诗人有风轻云淡的恬静、安详与高远。

　　中国诗坛的这半个世纪，大概有最繁荣也最热闹的"盛世气象"，诗人崭露头角的平台空前发展，诗人数量也空前庞大，当然，出现的问题和困惑也空前复杂。最关键的问题是许多写作者和读者都在问：诗为何物？在各种理论天花乱坠的推动下，诗歌这门艺术好像没有了边界，同时也没有了标准。段子、废话、垃圾、黑道、暴力和色欲都以各种先锋和爆破手的姿态混迹于诗坛，伤害了诗歌，也让一些读者疏远了诗歌。什么是诗？什么是好诗？好像成了诗坛的罗生门。读罗春柏的诗，让我想到这个问题，因为他会引导读者感受什么是好诗。我以为诗歌也是有基因的，这些基因让诗歌流传数千年经岁月淘洗而光彩不减。我以为判别诗歌的真伪优劣，其实就是代代诗人熟知的九个字：诗缘情，诗言志，诗无邪。诗缘情说的是，诗感知于心，发乎于情，无心无情则伪；诗言志说的是，诗给人光亮、温暖和希望，言志规定了诗之品；诗无邪，这是所有诗歌的底线。世代相传的九个字，是诗歌的基因：真伪、品位与底线。读罗春柏的诗，我想对读者说，请用这九字真经去细品这些诗歌，你会感到一股清泉般的澄澈沁入心扉。

收入这部诗集的多数诗歌都是精短之作。这也是罗春柏诗歌的艺术特色，语言的简洁，意境的空灵，气韵的淡雅，如同一幅幅水墨小品，透出诗人的气质与情怀。《外伶仃岛》就是诗人笔下的海天小品："山那边茫茫/山这边也茫茫/远方飘来的云/盖不过峰顶/也遮不住/无边无际的湛蓝//一艘渔轮徐徐驶出/犁出一道白浪/像抛出缆绳/把一切拖向远方/海在晃/天也在晃。"不同于水墨画家笔下的小品，诗人这首诗在展现山海风情的时候，重构了眼前的风景，渔轮犁出白浪之缆，拖动这个世界，海天都在晃动。诗眼是船尾之浪，白浪化为缆绳，于是有了另一番天地情趣。这就是对细节的发现和重构，这也是诗歌创造的新天地，短短的几行诗，晃动山海，神来之笔也！另一首田园组诗中的《小屋》也是短小的精品："那一隅，地方天圆/树不惹尘，风也不惹尘/只有枝叶飘动如经幡/林涛声声如诵经/山前那间小屋，在绿荫里打坐/仁慈的阳光轻拂。无须另寻/圣地了，我信步而去/弥漫心田的，是夏日过后/那片闲静和澄明。"这里诗人写了一间田间小屋，是可以打坐听涛承受阳光拂爱的地方。其实，我在想，诗人所写的每一首精短小诗，也是灵魂的一所田间小屋，让读者进入，与诗人一道，打坐听涛承接阳光。诗人不断在创作中重构并命名一个个纯美理想的天地，同时也在进行自我的修炼与完善。天地清明，人生旷达，若能如此无憾也！

祝贺诗人的新著付梓。也祝愿诗人有更多的佳作问世。在这里我以诗人一首《出海》与读者分享："潮水在涌动/我驾着云游的梦//此时，我是一朵云/让浪花滤去纤尘/鸥翅领着/飘啊，飘入净空//此时，我是自由的风/牵手温润的阳光/在一色天海/融作宝石的碧蓝//不需要市井的烟火了/也不需要暮鼓晨钟/世事都在云水外/我只听悠悠的涛声。"这是诗人为自己的创作姿态画出的自画像。借苏轼名句为此序题目，愿诗人在笔耕心海的明天，风帆高扬，碧波万里！

是为序。

2021 年 10 月于北京

叶延滨，当代诗人、作家、编辑家。1969 年到延安插队。1978 年考入北京广播学院新闻系，读大学期间被吸收为中国作家协会会员。1982 年毕业后在《星星诗刊》任编辑、副主编、主编共十二年。1994 年由国家人事部调中国传媒大学任文艺系主任。1995 年调到中国作家协会《诗刊》杂志社任副主编、常务副主编、主编。2012 年任中国作协诗歌委员会副主任，2016 年任诗歌委员会主任。迄今已出版个人文学专著 54 部。代表诗作《干妈》获中国作家协会优秀中青年诗人诗歌奖（1979 年—1980 年），诗集《二重奏》获中国作家协会第三届新诗集奖（1985 年—1986 年），其余诗歌、散文、杂文分别先后获四川文学奖、十月文学奖、青年文学奖等近百余种文学奖。

# 目录

**第一辑**

**第三辑**

**第四辑**

玫瑰的种子,终于
悄悄萌发了
那片土地拂动
春天的旖旎

第一辑

# 拂动的春天

## 1

温柔的风
轻轻的雨，滋润着
玫瑰的种子，终于
悄悄萌发了
那片土地拂动
春天的旖旎

## 2

沉睡的江河，醒了
流水奔涌着
带着玫瑰色的阳光
带着燕子的双翅
你款款而来，歌声
在青青的田野飘逸

## 3

我们相遇，一种
莫名的思绪，弥漫在心
至今，也说不清楚
你的笑容，是我
体内燃烧的火，还是
叩击我心弦的乐曲

## 4

告诉你吧，就凭
一脸的清纯
我朝向你，就是
拥你入怀的风
我仰望你，就是你
奔马蹄下的草地

## 5

上天啊，能否带我
回到二十世纪
因为我知道，你
还青春焕发
我不愿意，以苍老
容颜，面对着你

## 6

破例一次吧
纵情地把酒
畅饮，空蒙的雾
曼舞着，我以迷醉
的心，听你
策马驰骋的传奇

## 7

你说，想探究
混沌未开的高地
我祈祷，请东风吹了
再吹吧，那山那水
那缤纷的世界
漫入我们的视野

## 8

我要做，无所不能的猎手
把江河日下的流水拴住
让心的花瓣，镶入
你的梦境，流淌在
唇线的妙曲
润泽荒芜的大地

## 9

在烂漫的世界
我忘记一切，只想
骑上骏马，抵达那片
圣地，躬身于山花
让四溢的芳香
轻抚我潮红的面颊

## 10

你是我的朝圣者
我以虔诚，扫除残雪
以诗歌，召唤
蘸满阳光的足音
当山门，飘过钟声
一起走进多彩的花园

## 11

我，学习亚当
呵护痴迷的时光
这是动人的蜜月
刚开始就说好，这
永不结束的，是我
放入云端的真经

## 12

沧海无常，曾经
你横刀立马
追赶阳光，今日
我才知道
你的盔甲里
有一颗熏人的芳心

## 13

你是女人，你不是女人
总是以燃烧的激情
布施草木，布施
迷路的小僧，我无言
跪在青灯下
接受你的指点

## 14

还需要什么呢？在这
百态共生的世界
一切都是飞鸟
翅上的风
我，只牵着你的手
听花开的声音

## 15

我没有睡去，也没有醒来
等你从莲池走过，不停
转动经筒，吟诵梵音
让疲惫的心灵
背离枭鸟，在混沌中
寻找一席清净

## 16

此刻，你打开重门
挽我上马，不修栈道
也不度陈仓，以长鞭
劈开浓雾，走出
零落的一生，奔向
丹桂和玉兔的月宫

## 17

请你相信，我
不是风，不是火
我是心口如一的人
只愿，和你
在不知名的山上
默默耕耘

## 18

我做了一个长梦
夕阳里，走进米勒的晚钟
这已经满足了，不细究
东西南北，就让我们
听轻轻的风吹来
悠悠的钟声

2017. 8

# 海岸椰林

以初春的温柔
敲开我沉沉
久闭的门，穿过
银滩，走进这片
弥漫的绿荫

绰约掩映，海岸
绵延，无边的
椰影，拂动妩媚
在心的港湾，荡起
阵阵涛声

那艘小船
悄悄穿过，怀抱
这湾碧蓝
潮涨汐落，椰林下
尽是涟涟的秋波

没有白堤
也不需要断桥
浪花，轻吻
串串足印
涌动不息的春潮

我一步一步
进入，深处窜出
莫名的惶惑，而你轻轻
浅笑，掠过羞怯的雾
飘起浪漫的红云

来吧，请牵着我的手
让远帆带走孤寂
在缠绵的风里
纵情书写
彩霞的烂漫

2020. 12

# 望　月

我不说爱
也不说不爱
无论你在山北
还是在江南
长尾喜鹊
总在我心空盘旋

指缝关不住情思
挥手便见你
抱着琵琶
弹奏卿卿的一曲
正想走近
桃花却在风中消失

很久很久
未听到你的音讯了
在我写这首诗时

我突然明白
牛郎望月
不需要月亮的表白

2021. 2. 14

# 浪漫海岸

你款款而行
扭动海岸婀娜的身姿
十里金滩裸露着
你的冰肤玉肌
深深浅浅的足印
敲下键盘深情的密语

扑岸的浪难消情意
椰林舞动着手语
就在黄昏后
你似睡并没有睡去
闪动星星的眼睛
把我拥入夜的怀里

啊，浪漫海岸
我久违的恋人
谁能把我
从迷醉中唤醒

2020. 12. 19

# 屹立的礁石

不怕坍塌
不怕被淹没
从来没有说话
只抬着守望的头
苍茫中演绎
神女峰的故事

早已私定终身
无须人间烟火
也不问来去星辰
就这样站着
痴痴地等候
月下花影

一个世纪
又一个世纪
任风雨来袭

任浊浪侵蚀
心底那帘幽梦
美丽而忧伤

今日
谁在为你垂泪
谁在听
那低一阵
高一阵的涛声

2021. 5. 22

## 那片柳林

那片柳林
拂动的绿荫中
一只布谷鸟跌落
想振翅再飞
却被蛛网缠着

没有催耕的呼唤了
没有蝴蝶和蜜蜂的飞舞
风肆意地吹着
柳条拍打着柳条
地上飘着几片羽毛

雾弥漫
渐渐遮住斜阳
四野寂静
只有牧童的鞭声
唤着晚归的牛群

2017. 9

# 一庭宫阙

悄悄走上树梢
接力西山的落日
一庭宫阙，嫦娥
奔向何处，只留下
玉兔守护着桂树

安然，平静，如水
柔情，掀开夜的帷幕
布施江河大地
四野无声，只闻
唧唧虫鸣

波光悠悠
仿如千双玉手
轻抚着我
心的琴弦，奏响
舒伯特的小夜曲

2021. 1. 2

## 抽响牧鞭

春天来了
草长莺飞，百花
醉了游人
东风里，尽是
歌声和笑声

而我，听见你
抽响忧戚的牧鞭
在荒野里，寻找昨夜
走失的羊群

2018. 3

# 太阳与海

一万头雄狮
在咆哮，在撕咬
仿佛要吞噬世界

头上，那轮太阳
依然不慌不忙
投下一缕一缕光
轻抚大地
轻抚疲惫的海浪

2018. 7

# 油菜花

那一天，就那一天
看见了，不是梅
却有梅馨，不是兰
却有兰的风韵
一道本来不留意的风景
走进我荒芜的视野

从此，那扇重门
悄悄打开
田野上，没有了四季
总是轻轻地吹着
阳春三月的风

多想，掬一捧清香
却又羞于不雅的冲动
真羡慕，那只蝴蝶
飞出市井樊篱
欢舞于一片金黄

面对绰约的风姿
心湖，荡起涟漪
我忘记了，这个世界
还有别的鲜花

2018. 3

# 山茶花

经历了风雨
跨越冬春
如七彩的霞
飘动的虹霓

有牡丹的雍容
玫瑰的丰姿
迷人的丹青图
荡漾遍野的烂漫

风吹来了
不动容改色
那蜂蝶陶醉了
在丛中曼舞着

小鸟飞上树梢
没有歌唱

看看这片艳丽
看看远处的青山

2020. 11. 13

# 林 间

云海浩荡
身影拉长了天空
从瞳仁飞出的鹰
渐去渐远
消失在空茫中

脚步如落花
飘舞在潺潺小溪
水边有只蜗牛
没前行也没后退
只是抬头看着四周

斜阳脉脉
依偎着青青的草木
晚霞格外温柔
轻轻地投下身影
等待着月亮的爱抚

2021. 6. 2

# 夜来香

几声鸟啼
唤来了晨曦
阳台上的夜来香
悬满了露珠
多像噙着
一夜的泪

晨风吹过
没有人听见
谁在星光下哭泣

2018. 9

# 叶　子

春风轻抚中
欣然焕发着英姿
以阳光迎来鸟唱
和蜂儿蝶儿
一起舞动花香

夏蝉长歌时
一叶一叶联手
挂起新果
婆娑的绿影
荫蔽众生

西风吹来了
换上黄袍或红裙
招手摇旗
舞动山山岭岭
欢庆着丰收

北风掠过
没有叹寒霜早来
也不学大雁远飞
只是默默地
投入大地的怀里

2020. 7. 16

# 入　秋

夜雨过后
片片黄叶飘落
路菊在绽放，蝉鸣
安眠了，风轻抚
草叶亮出的白霜

四野苍茫，天更加
空旷，雁阵飞去
一只白鹭
在塘边寻找
残荷的花香

2020. 9. 28

# 水墨天空

斜阳躲进西山
天空拉开了帷幕
涂鸦无边水墨
大地被遮住
四野倦怠
走进梦乡深处

昏暗加重昏暗
虫鸣唤着虫鸣
犬吠敲碎了宁静
往事已过去
风再放任
也唤不出光明

一切都睡去
唯有上苍眨动
星星的眼睛

看着这个世界

看着唐尧

和夏桀

2020. 10. 25

# 雕　像

回到久别的家乡
在临海的高地
以从不改变的风貌
和塔松一起站着

早在英年
只为星火燃亮大地
你慷慨登车去
在黑云压顶的时候
以最后一滴血
守护不许替换的大旗

已经丽日中天
惠风和畅了
你依然迎风低颔
是在沉思吗
沉思着如何抵御
迷雾遮蔽阳光

一位学生走来
以异地口音
读着你的碑文
杨匏安先辈啊
你的遗愿没有丢失
碧空还是飘扬着
当年你高举过的旗帜

2021. 2. 24

你多想看看新绿

还想捧起一缕花香

却只有一位老人

划动着长长的扫帚

在扫一地沧桑

第二辑

## 你在疾走

浓雾虚张着
救护车在呼啸
你在疾走
直奔生与死的边界

用热血
融化死神的坚冰
用韶华的烛光
照亮生命的暗夜

我没有献上鲜花
只望着你
滚烫的泪水
默默流成诗行

2020. 4. 20

# 午　后

窗帘低垂着
遮住阳光
先贤供奉在中堂

一缕沉香
等候玻璃缸的金鱼
在梦中醒来

燕子伏在檐下
要飞出去吗
窗外弥漫着烟尘

2020. 10

# 庚子春日

远山是灰色的
楼宇也是灰色的
路在阴霾里
似飘拂非飘拂

一城又一城
仿佛被抽空了
光秃秃的树不动
鸟啼被封锁

白衣执甲逆行
口罩遮住了悲欢
人们望着一窗寒天
寂寞守护着寂寞

只有心中的马
在夜色里跑

江河的水

静静地向东流着

2020. 4. 2

## 乌云弥漫大地

乌云弥漫大地
荒野的树
向天举着秃枝
花未曾开放
草也没有吐绿

路静静地躺着
平日的步履藏入
巷陌的深处
燕子呼唤春风
远方却翻起浊浪

我宅在窗下
抬起头又低下头
在想着
乌云过后
世界是什么模样

2020. 4. 5

# 都市行吟

**1**

苦涩的眼，疲惫的心
穿行在固化的深林，看不见
太阳和月色。你披着
霓虹的缤纷，苦苦地
在封存的旧书里，寻找
长河的落日，海上的明月

**2**

万花筒里的景象
看不尽，也看不清
即便走进小巷，进进出出的
像是认识，又像不认识
每一张脸，都是一种天气
从岁月的深处，转过身来

面目早已全非
街头那健身群舞，可有
你熟悉又陌生的身影


3

纵、横，高架、地下
城市的血管，贯穿每个角落
没有荆棘和沟坎了
行者，却像无奈的甲虫
烟霞里，弥漫开的
不是笑声，是他们
蜗行的苦吟


4

风，在街头翻拣着
只想寻找
那棵老树和村姑
遗落田间的歌。你
乘风疾走，飘逸的裙裾
依然映出
早年那束山花

## 5

山水，楼台，被涂改成
现代的一幅抽象画
在同一个天空下
黄昏弥漫。阳光
被满街的灯藏起
每一扇窗，每一座阳台
在防盗网里哭了
墙上留下黑色的泪痕

## 6

夜色，盖不住所有的风景
那柱射灯扶起一袭
古老的树影。是为散失
多年的鸟，树立寻找归巢的标杆
还是为当年的牧童，牵回
迷途的羊羔？风一阵
一阵吹过，没有回应

## 7

穿过楼群的缝隙
风吹拂着柳条

不管那是招手，还是摇头
你已被染尘的绿
打开紧闭的心门
久违了，你从门缝里
放飞一叶风筝

## 8

那片草地，早已踏破
跨越的轻轨，没有带走
烟尘，只载来一串笑声
晚风吹落一树黄叶
却没有飘散满街的灯影
那曲汽笛，是挽留
远走的岁月，还是牵来
走远的记忆

## 9

发黄的叶子，颀长的身段
不迷恋多彩的烟霞，不眷顾
楼台驯养的鹦鹉，挨着墙
一心往上长着，借风
不断招手，为托起

落到深巷的阳光

为远飞的鸟儿做个驿站

2012. 2

## 身边的童话


惊蛰过去了
节节虫伸伸腰醒来
一只小羊饿肚子了
没有找到青草
发出咩咩的叫声
青蛙对它说
雷声虽然响过了
还不见下雨
地上没长出东西
小羊摇晃着脑袋
青蛙鼓起肚皮
你还不知道吗
小羊瞪圆了眼睛


2021. 3. 22

# 遮　荫

众生，给予他
特有的功能
举手跺脚，能使
风云起落
说话和唱歌，一样
好听，很多粉丝
追随，请求
签字和留影
他乐意，自觉
得意春风

一位学生
在后面紧跟着
他问，是要照相吗
学生摇摇头
要签字留名吗
学生也摇头，说

天气不好，只想用
你的身影遮遮阴

他站着，一直
在想，并没有作声

2021. 1. 24

# 海　浪

一波一波跃起
昼夜不停
谁知道，是振奋
还是哀伤

有时，不疾不徐
有时吞天沃日
没有羁绊，白色
支配着世界

掀翻过，无数风帆
也曾淹没过
无数鸥鸟
喜喜悲悲的啼声

日复一日
多少俊杰远避

我却看见，有人祷告

上苍啊，何时才能平息

2020. 7. 20

# 阳光照亮镰刀

七月的田野
风舞动金色的稻浪
沉甸甸的谷穗
弯着腰摇着小旗

堂叔在田埂上
一边踱着步
一边掐指计算
谷穗归来的日期

阳光静静地洒落
照亮那片田野
也照亮村口晒场
和磨得锋利的镰刀

2021. 2

# 一日四帖（组诗）

## 帷帘拉开

灰色的帷帘徐徐拉开
带露的鸟啼唱响
一场新戏的序曲
学童走出家门
路边的槐树依然不动
大地仿佛没有醒来
草叶上的露珠
已把世界照亮

## 阳光倾斜

阳光倾斜
一日的四季到了秋
风牵着云等待
夕阳去涂鸦天空
路上行人匆匆
鸟儿的啼声疲惫了

我无意看微信
在想——去健身
还是伏案细读
或者来一杯龙井

## 袈裟撒落

白日渐渐降温
倒向东边的影子失踪
缤纷彩绸飘落西山
一袭黑色袈裟
向大地撒落
被初上的华灯
穿破一洞洞光的眼睛

## 墨砚覆盖

硕大的墨砚覆盖着
张墨浸透每一个角落
高楼和大树作剪影
远山静静栖息着
虚幻的光影沿着街巷
走进混沌深处
我去洗浴了
不听万物送来的钟声

2018. 8

# 涂　鸦

满天的阴霾
车流如海底穿行
浮尘，涂鸦着
垂柳的绿影
太阳，羞涩了
在远天露半脸红晕

一只鸟，迷失方向
窜入一片苍茫
恍如火焰闪过
烤炙每一个生灵
烤炙冥冥上苍

2017. 5

# 回　想

一只天鹅
昨日在蓝天上飞过
今天却收起双翅
寻找那池碧波

月朦朦
日也曚曚
为什么日月的清辉
只是留在记忆中？

那只黄鹂
找不到栖息的树林
飞落陌生的城头
啄下一片羽毛
交给西风
拂动无边的乡愁

一声枪响
一阵笑声中

你是否看见
飘落带血的羽毛

荒野上的牛
眼睛望着远方
两只耳朵在扇动
多想再听
当年那曲悠悠的牧笛

2013. 1

# 岛上人家

每天驾着渔歌
载回旭日的鳞光
搅动一方罾网
捞起满湾
鲜活的晚霞

就在船头岸边
不分你我
把着半壶陈酿
咕嘟一杯
咽下平生的风雨
再一杯把豪言
举到浪尖上

渔火将尽
一个一个摇晃着
深一脚浅一脚

在回家栈道

把行走的路丈量

2020. 5. 16

# 老　船

风吟唱着
远方的渔歌
汽笛已经沉默
阳光垂下
轻轻地抚摸

木头的残纹晾晒
咸涩的浪迹
断桅缠着苍茫暮色
谁还在徘徊
寻找浪尖的记忆

鸥鸣无法唤回
船首的翘望
茫茫海面
一叶一叶风帆
渐渐远去

2020. 5

# 渔 妇

收下晾晒的渔网
扛起桨，登船去了
今日的妈祖
信步在甲板上

阳光炫耀，风向袋
在桅杆上招摇
我被汹涌的浪
推搡得前倾后仰
却见她，把桨一搁
脚一跺，稳住了船
稳住大海的摇晃

此时，船首犁开
一片湛蓝，风
一遍遍梳理
她黑油油的头发

2020. 12. 25

# 初春雨后

该天清气朗了
还是浓雾锁住山峦
随处可见的水迹
就像你醒来
留下一脸茫然

门前的小河
在风中扭动着
只作为春天的告示
没有波澜
也没有欢唱

一群麻雀飞上树梢
抖动着翅膀聒噪
湿淅淅的叫声
轻轻地飘拂
还带着昨日的哀伤

你多想看看新绿

还想捧起一缕花香
却只有一位老人
划动着长长的扫帚
在扫一地沧桑

**2021. 3. 16**

# 剪纸画

浓雾散去
大地脱下冬衣
点点鹅黄爬上枝头
新绿飘向天际

三角梅艳姿舞动
映红新春贺词
一群稚童点亮爆竹
期许寄给东风的羽翅

我们轻装出发了
高铁传来一声长笛
千门灯笼闪耀
村村路口漫卷大旗

2021. 2. 15

当千帆远渡

波涛飘动旗帜

谁留下，关于你

最美的记忆

第三辑

## 海上天路

### ——写在港珠澳大桥合龙时

雁翅飞得疲惫
鱼群跃动也迷茫
太平洋的风
吹不散云雾，曾经
一代又一代
伶仃洋上叹伶仃

终于，春风唤醒晨昏
夜空亮起明月和星星
珠江流水淡化海的咸涩
一道闪电长弧
穿破天际的苍凉
海上天路从此降落
牵手的梦，化解世纪的纠结
浪花和阳光一起奔放

时空的页码翻过
我乘风的心，从海角

飞向天涯，一次又一次
见长龙，飞架云端
以震惊世人的姿势
长驱高吟

2016. 12

## 外伶仃岛

山那边茫茫
山这边也茫茫
远方飘来的云
盖不过峰顶
也遮不住
无边无际的湛蓝

一艘渔轮徐徐驶出
犁出一道白浪
像抛出缆绳
把一切拖向远方
海在晃
天也在晃

2020. 5. 17

# 浮石湾

大大，小小
无数圆石
一个挨着一个
就像礼拜的团队
聚集在湾口

从大海中飘来
经历了风浪，没有
石头的棱角
只留下一身，未能
解码的密纹

面对日夜的咆哮
一动不动，埋着头
闭着眼睛
你不看这个尘世
我，在看你的修行

2020. 5. 18

## 蚊尾洲

似蚊子尾巴
很小很小
以洲字命名
仍是沧海一粟

任风肆意
浪疯狂
安坐如僧
以心的沉静
抵御不羁的张扬

海鸥衔来问候
依然缄默
上苍泼下浓墨
便举起一灯
安抚无边的苍茫

当千帆远渡
波涛飘动旗帜

谁留下，关于你
最美的记忆

2020. 5. 29

## 东澳岛

一条路
陌生而又熟悉
在礁丛浪花中
蜿蜒着

一头伸进前朝
残垣断壁
在风中沉默
另一头伸进海湾
游艇穿梭
阳光和着波浪闪烁

行人中
一位长者站着
眼望大海
由远及近的船
拖着长长的浪迹

又渐行渐远

在烟波中消失

2020. 5. 13

# 摩崖石刻

## ——写在高栏港

岁月的深洞
走出　一壁
稀世的神秘

是图志　或是谶语
斑驳的刻纹
有夏商的风痕
尧舜的浪迹

也许是　记叙了
耕海的苦乐
也许标示先民的憧憬
——海的信息
锁入千年的孤寂

史上的霜　未能
抹去远祖的本真
那不息的魂

是否　依然逸动在
今日新生的血液

风　舞动着
在不倦地探索
谁能解码呢
我瞳仁的网撒开
多想　捞起一把钥匙

宝镜湾的船穿梭
飘出一声　又一声汽笛
这是破译的信号吗
此时　山不是山
水不是水
我看见了蓝色的彼岸

2018. 10

## 高栏港

一个世纪又一个世纪
只见滩头，绽开
落下的浪花
山上一片片黄叶
湾里，远去的是涛声
传来的还是涛声

早春二月
风，吹散了迷雾
丽质姑娘，醒来
漫涌的潮头
水灵灵的眼睛眨动
探视远海缤纷的旗语

阳光，不再孤独了
飘逸五洲的船影
一声声汽笛，轻抚
昔日空寂的心
鸥鹭飞起又飞落

在告慰世人：走出闺阁

美人已经待字有成

2018. 10

## 香炉湾的黄昏

游人渐渐散去
只有暮色中的渔女
披着半天彩霞
任风的柔唇
一遍一遍亲吻

涟漪荡着满湾深情
一只白鹭看着
时而踱步时而啄啄沙子
像在翻拣潮水的记忆
寻找失却的爱情

当我一步一步走近
它唳的一声飞起
掠过刚点亮的渔火
是给谁去报信
还是呼唤昨日的情人

2021. 3. 19

# 金台寺水库

有你才有寺
还是有寺才有你
不必细究了
就是一面清清的镜子

历经世事无数
却滤去粒粒凡尘
映照多少来去的倒影
依然一片澄明安静

我站在岸边不动了
只是想着
飘落的晨钟暮鼓
荡走天边纷飞的云

还希望就近找到
梭罗的小屋

我静静地入住

试写汉语的《湖滨散记》

2020. 7. 23

# 雾锁金台寺

不见黄旗
也不见殿堂
只闻诵经声声
穿过朦胧
飘失在黄杨山上

香客一群群
以不变的虔诚
踏上凝露的石阶
钻进烟云
香烛融入青苍

这每天的法事
会不会扬幡遥请
当年的钟馗
为山为水
为众生看到艳阳

2021. 8. 7

# 香山湖公园

乐山乐水者，一拨拨
一圈圈地漫步
来了，便不想离去
在探寻，见仁
见智的神韵

这里，没有兰亭
却有一次一次雅集
以湖作砚，以地作纸
在心中挥写，当年
书圣的兰亭序

这里，不是桃花源
却有丛丛鲜花
人们，仿效陶翁
低头又仰头，朗诵着
桃花源的新诗

一对鹤发童颜的夫妇
每天，都来散步
一个说，要像当年放牛
放那凤凰山下的绿树
一个说，要像当年牧羊
牧那水中朵朵白云

2021. 3. 28

## 爱情邮局

一波一波浪花
声声不息，是远方
寄来的深情问候
情侣路上的人
靠近了你
在——接听

不用微信了，只以
白云作笺
起伏的涟漪轻诉
你驻立潮头收与发
肝和胆相融了
慈航的灯光
亲吻一弯新月

红尘不染的风缠绵着
我看见一串深情的足印

快来吧，让我们
摘一朵三角梅
投入你的邮筒
百年之后打开
依然有暗香浮动

2020. 12. 24

# 庐　山

风吹来了

就在五老峰前

高一声低一声地问

你怀里有没有神仙


落叶随着风跑

蝴蝶和鸟儿

也跟着跑起来

人们瞪大了眼睛


大地归于平静

旷野青青

我听见牯岭小草

当年的低吟


弯曲的路伸向深处

石楼上那面旗

在蓝天里
轻轻地飘动

脚步追着脚步
想听听别墅的故事
而人已去小楼空
只剩残阳涂抹橱窗

一张老唱片
在岁月里不停播放
我走进峡谷
一遍一遍倾听

人看天外的高地
神窥探世界的平台
拔地千尺的龙首崖
却从未摆脱雾锁云缠

没有夏日的盛典
却有杂英灿烂如炽
三宝树下苍茫
一片乱云飞渡

多少人揣摩你真面目
梧桐拂去昨夜的风
只见晨露点点
抚亮了山山岭岭

绿柳倚着苍松
双双倒映在湖中
花径的恋曲
唤醒过冬眠的心

如琴湖积淀了岁月
无声的涟漪中
沉船的桅杆
晃动似有似无的碑文

坐在湖边
看着鱼游弋在云里
任时光从身上穿过
远离平日的我

2016. 7. 10

# 在抚仙湖致徐霞客

西南的一隅
踏上你的足迹
你说这里最清
我见布依族少女
雾霭的纱巾遮掩着
一个又一个故事

也许你曾看见
温柔的脾性
拂动明丽的涟漪
但一定不知道
宽广的胸怀
深藏古城遗址

霞光中
有人划着鸭子艇
探寻陈砖旧瓦

更有人
漫步湿地
尽览柳叶马鞭花

多情的风吹来
樱花谷展开
闺蜜的卷轴
你看过吗
不知道
醉了多少游人

看搭手抚肩的仙人石
再看那冰肌玉肤
万顷琉璃
——霞客先生啊
如果你再来
一定重写你的游记

2020. 8. 9

# 德天瀑布

跨国的胸怀
从两地相连处
飞珠溅玉
倾泻一生的清纯

飘来乌云时
曾喷涌苦涩的泪
蓝天白云
便是万马驰骋

奔流没有定势
包容却是永恒
滋润着两岸
草木一片青青

归春河流淌着
风舞动竹排的旗
是谁在召唤
闪动着水的猫眼绿

2020. 12. 10

# 南澳宋井

浪舔着沙滩
褐黄的礁丛里
似圆却方
装满了数不尽的
岁月风尘

没有浸染海的咸涩
没有淹没在历史烟云
为抵御九州的落日
留一泉清甜
滋养护国的将士

是圣贤开挖
还是地缝的涌出
久远的时光
谁能解码
风雨刻下的石纹

长天浩渺
吹不尽萧萧的风
那不息的波涛飘动
依然如当年烽烟
和西去的帆影

2020. 11. 13

## 十里银滩

你的呼唤，抹去岁月
留给我的印痕
你的奔放，淘尽
我沾染的泥尘
我纵身跃入
你的辽阔，融进
你的无垠，紧闭的心门
打开了，浪花绽放
我的欢笑，十里银滩
让我沉醉在
面朝大海的伊甸园

2020. 12. 20

往事沉淀了
云如纱巾
抹不尽眸子里
积聚的尘
夕阳炫目
染不红残存的梦

第四辑

## 清明祭

思念的雨
在心空纷纷飘落

你的音容
从往日的浮云里
一阵一阵涌来

一块石碑
隔着阴阳
斟上你喜欢的酒
能不能啊，能不能
像当年一样对饮
一样聊聊旧事

2021. 4. 5

# 凭 吊

未能读尽所有的名字
却听出塔下埋藏的惊雷
那阳光与鲜花的梦
在硝烟深处飘落

一个甲子过去了
可知道，这里
依然天有云，山有雾
松枝随风摇曳，原野上
有驱散不了的孤寂

烽火，早已灰飞烟灭
只留下你，在遥远的异域
我献上的花束
带来家乡的稻香
和一条大河的波浪
只希望拭去
你满身的征尘

2013. 10

## 铁丝网

岁月掩埋着，镣铐和鞭声
血与火染红的岩层
一条曲折的路，引向深处
小鸟在墙头，飞起飞落
自由的风，摇响
锈蚀的铁丝网，淡淡的云
挂在树梢上，进的人
无数，出的人无数
阳光掀开尘帘，往事无言
只见绿影婆娑

2017. 5

# 安　抚

一辆满载的卡车
沿 105 国道
向屠宰场驰去

车上的生猪
有的躺着安睡
有的随车晃动着
还哼哼唧唧
唱着无人懂的歌

它们不知道
也不会想
它们将去哪里

跟着我的小狗
闪动惊恐的眼光
来回走动还叫了两声

我摸了摸它的脑袋

给它轻轻的安抚

2021. 1. 14

# 一把软刀

树叶，总是
一片一片掉落
河水，总是
集体走远
一把花式的软刀
剪不尽忧愁的枯枝
园艺师，留不住
蔷薇的芳馨

风追着风远去了
谁还在念
黛玉的《葬花吟》

2017. 8

# 窗 外

见树见楼
也见水见山
最吸引瞳仁的
是那片无际的湛蓝

阳光轻轻洒落
飞雁自由滑翔
缭绕的白云牵起
两叶风筝荡漾

多情的风吹过
仿佛在召唤
谁张开了双臂
却穿不过那扇方窗

闭上眼睛吧
让梦插上翅膀

不问东西和南北

只为飞越一切羁绊

2020. 11

# 爬 山

你呼着我
我应着你
深一脚浅一脚
走上时隐时现的路

还是这座山
这个峰
当年风飘大旗
广阔的天地
一代芳华
以歌声追逐
高飞的鸟翅

今日重游
草木且荣且枯
秋霜染了青丝
路依然陡峭
阳光下
有雨忽来忽去

到山顶了
你喘一会儿气
放空自己
我盘腿而坐
领悟四野的空灵

谁仰面长天
泪水滴落草地
谁在感叹天边彩霞
让我们齐唱
不曾忘记的一曲

**2021. 6. 28**

# 垂 钓

## 一

市井之外
静静地
潜心于渔猎
作岸边一尊活雕

似姜翁不是姜翁
在轻轻的风中
放一长线
探索水族的世界

岸柳拂动着
云渐渐飘远了
有谁理会
浮尘被涟漪洗去

一只翠鸟在半空
不声不响
正等着下一刻
分享钓起的愉悦

二

一根钓竿
一身便装
细长的线，投入
水中，宁静
隐藏玄机，风
轻轻飘动

你专注的神情
下一刻，有欢愉
却有另一生灵
会悲戚，我不想
看见，只想祈祷
但不知道怎样开口

2020. 12. 8

# 东逝水

挽着魏晋的风韵
梳汉时的云鬟
江山多娇
朝朝暮暮拂动
故国的深情

一切都过去了
就像大江上
橹桅的手臂挥动
依然留不住
飘向云际的帆影

谁在吟诗作赋
捋一把长须
踱步古老的长堤
执拗的目光
寻找秋雨冬云

一群小孩蹦跳着
没有追赶远飞的鸟
只在嬉戏着
滚滚东逝的水
传来扑岸的浪声

2021. 8. 10

# 浅 唱

温一壶期盼
从遥远到今日，半杯入怀
沉铁悬云，也熏蒸融化
看文人武士，谁不在席间
心旌漫卷，山河壮丽

我也曾，把盏对月
思绪的奔马，走进
唐时长安，庆幸
花间的低吟，金樽的浅唱
摇落一身浮尘
洛川绽放凝露的花

为什么？亘古到今
圣贤的灵感，反复盘桓
莫不是？杜康清流
让长河在尘世绵延
让寸心在觞盏中净化

2012. 9

# 隐　忍

一棵马尾松，根
深深扎入土中
手臂，不懈地伸长
抱不住垂落的云
自身坚挺着，一圈圈
增加年轮，还是
没留下，掠过的光阴

是的，万物都有向往
有谁，能跨越
岁月的沟坎，我知道
你做瑜伽的拉筋
再苦也坚持，只为了
不让生命，在某日
如烟般飘去

产房，传来稚嫩的啼声
有人以阵痛，抱起
新的生命，十月怀胎

就是怀一个希望
让新生代砥砺风雨
熬过黑夜，迎接黎明
不许明天消逝

2021. 1. 14

# 步　履

迈着不倦的步伐
他正在寻找着什么
海边，只有无情的浪涛
拍打着礁石和贝壳
田野，只见牛驮着天空
漫漫草木，被风
吹起吹落。闹市里
人流匆匆，尽是擦肩而过
他，停下来了
回看自己的步履

2012.3

## 坐在沙滩椅上

坐在沙滩椅上
什么也不想
什么也不做
在我的时间里待着
海风飘来
把我的衣襟
我的发梢
轻轻地抚摸

无意看风帆滑浪
也不听一群
穿泳衣的男女
送来的笑声
只让天海的一色
涌动宝石的光
把我淹没

这时才发现
沉默是一种奢侈

当暮色拢来
月亮枕落渔火
静静的海湾
拭去我一身的凡尘

2021. 2. 18

# 在阳台上

朝阳的光彩

在我脸上飘过

西边，泛起的晚霞

涂鸦了我的身躯

一只鸽子飞起

翻动，心海的浪花


往事沉淀了

云如纱巾

抹不尽眸子里

积聚的尘

夕阳炫目

染不红残存的梦


是的，远山

依然是山

烟雾朦胧

风，依然是风
我染霜的头发
被一阵一阵拂动

2021. 1. 4

# 履 历

一路走来
学会了少言寡语
任岁月的霜雪
砥砺，沉默的心

天空灰暗了
谁会去说
你默念，请不要
有雷暴和骤雨

大风吹来了
人们跟着跑
你站一边，眨动
不安的眼睛

恢恢夜幕下
有人唱欢乐今宵
你抬着头，寻找
明月和星辰

一些人戴了枷锁
你在查找经典
只想着，何时
把是是非非解脱

2021. 6. 5

## 中天丽日

传来你的啼声
扫去我心空的雾
起伏的浪潮
泛起粼粼波光

曾经的梦境
已成天使光临
弄璋之喜何止一族
春风绿了江山

不论八千里路
也不问三十功名
听你牙牙学语
大地便一片花香

感恩上苍
点燃期冀的烛炬
茫茫的尘世
跃动中天丽日

2021. 4. 10

风，带着黄叶飘落
银霜，牵着足印走远
……
长河，依然在流淌
一个故事模糊了
一个故事，又开始

第五辑

# 呢喃的燕语

## 1

风，带着黄叶飘落
银霜，牵着足印走远
收获已经结束，一切
好像静止，其实
长河，依然在流淌
一个故事模糊了
一个故事，又开始

## 2

呢喃的燕语，唤醒
深藏的心，渐浓的情愫
从脚下，绿向天边
身受野火和铁蹄
蹂躏，你依然沉默
当风的柔唇吻过

又扬起，生命的旗
飘动，生生不息的歌


3

时光的流水远去
情感的花园，依然
葱茏，东风里
虽然昙花短暂，却有
枝叶长绿
遍野万紫千红


4

万马奔腾，礁石
在浪中，挺立身躯
风起云涌，风帆
在浩瀚中高扬
于是，鸥翅震撼了
不做候鸟，终生
在汪洋中博弈


5

平安的钟声响过
广场舞踩着欢快的音乐

多少人追捧
而安详的大地
不知哪一刻
却要火山爆发


6

黑夜，你没有睡去
就像当年，在喧哗中
没有捂住耳朵
人们看见你
一脸倦容，我却见
你的眼睛，炯炯发光


7

坐在岁月的长椅
脸盘聚集无数沟壑
灌满雨雪和风霜
两池闪动的水混沌
是在追忆还是期盼
苍山空寂，斜阳无语


8

树木葱茏，蝉声不绝
浓荫下，一棵盘曲的树

伸长着手，大风中
也不曾低垂
他只希望，透过
幽暗的缝隙
摘取一缕阳光

2012. 5

## 骏马的蹄声

骏马的蹄声远去
大地的心跳
被片片黄叶掩饰
谁的脸颊
不被西风织满蛛网
你在质疑
夕阳有情还是无情
而低处的小草沉默
从来不问
四季的轮回

2021. 4. 8

# 读海记

## 1

那片辽阔
卷起层层白雪
西域的哈达，飘在
银光闪闪的峰顶
以僧侣的虔诚
喜马拉雅山，踏步而来

## 2

无边的袈裟拂动
仿如世界已经寂静
只听见，潜入
经海的声音

## 3

风吹着风
没有招摇，只在微笑
一起一伏的呼吸
让世界离开了尘嚣
泱泱之水，洗刷
昨天和今天
富足了我的平生

## 4

每一片天空
到眼睛的每个角落
浸透了资深的蓝
鸥翅，召回
迷途的风，飘入
我和你的世界

## 5

风牵走了云帆
布衣世界的爱和恨

与我无关。摘下
缀满彩霞的帽子
在浪花中，找回了
久违的故乡


## 6

云彩挽着视线徜徉
我走近梦的边缘
身后，是山石草木
身前，却是一片缥缈
那条斑驳的船
没有锚，缠着风
如四处化缘的空碗


## 7

雪白带着雪白，清凉
叠着清凉，涌进
我紧闭的城郭
扫清巷陌的藤蔓
以烂漫的舞姿
卸下半空的斜阳

## 8

是愤怒，还是狂欢
一次又一次跃起，总想
把天空抓住
鸟儿却在浪尖上翱翔
我在水中仰望
张开的双臂，要多久
才能成为翅膀

## 9

万顷波涛，一碗
晃动的酒，喝醉了
甲板上的缆绳
我忘记港湾
越过了海平线
任思绪，随目光
飘荡在云水间

## 10

鱼的耳朵，飘出歌声
浪花荡着鸟的眼睛

没有别的表演更精彩了
我想唱和，我想起舞
借此献给大地
星空和我的母亲


## 11

涌动的世界，开花的脸
让风帆走远
那时，看见的
是一片响亮的色彩
而渔归的时候
在收网的姿势里
我读懂了四季的悲欢


## 12

云霞，飘落水中
天地在颤动
老渔夫把它拽着
网住一个世界，网住
每一滴水的挣扎

## 13

无边的浩瀚，漫涌着
幸与不幸的世界
涛声高一阵低一阵
改变不了你我的命运
今日，我安坐
只饮一盏，只写小诗

## 14

入夜了，渔火
眨动眼睛，以柔情
抚慰起起落落的潮汐
让风，把山吹远
让摇篮，静静睡去

2017. 5

# 花　意

从东风枝头取来，传送着
融融春色，多少人
为此而喜悦，甚至鸟儿
也在树梢歌唱

在喜气中，有谁在意
艳姿一直无言，花瓶里
盛着的，是滋养的水
还是流落的千滴泪

2019. 4. 17

# 无 题

月圆，月缺
潮汐起起落落
礁石，沉默
伫立千年
不变那尊容颜

风，放纵
总是在撩拨
鸥鸟无奈
振翅，远飞
走不出水的世界

浪花，翻飞
帆影飘动
谁高喊一声
这小小的声音
大海，不予回应

2020. 10. 20

# 寂　静

没有鸟鸣
阳光滑落窗棂
一切都无所事事
案桌上的插花
也睡着了

然而，依旧有
挂钟走动的声音

2018. 7

# 听　涛

雨后，阳光滑落
帆影远去，浪花
召不回游人

我，走来了
在静静的沙滩
面对无际的沧海
细听渐渐远去
又渐渐回来的涛声

2018. 9

# 问 询

不知疲倦地淹没礁石
是不是为了
礁石一次比一次
更醒目地出现

坐在岸边的垂钓者
专心如僧侣
他苍老的微笑里
藏着海的秘密

2020. 11. 5

# 远 去

风帆远去
鸥鸣唤不回
天边那缕彩云
浪涛一直在折腾
还是没把大海抚平

而岸边那尊礁石
始终沉默
就像疲惫的老人
看着阳光投下
无数绳子
拴不住流走的岁月

2020. 10

# 世　象

## 1

鹊鸣梅放的时候
我在春风里
被细雨淋湿了身

## 2

百花盛开了
杜鹃在说
风雨就要来临

## 3

人们分享丰收果实
风一次又一次
为大地擦拭泪水

4

草木在风中招摇
我在风中
扣紧大衣的纽扣

5

太阳照亮了大地
一个老人还点着灯
寻找自己要走的路

6

被禁锢的人
无法解脱
心中的马却自由奔跑

7

阳光在旗上炫耀
色彩的海洋里
有人嗅到别样的气息

8

搏击长空的
岂会与麻雀合群
屋檐下没有苍鹰

9

风总想抚平
起伏的海
却招来更大的浪

10

手举得最高
喊声最响亮的
有时是给你耳光的人

11

一个明眼人问瞎子
你能看到什么
瞎子反问你想到什么

## 12

星星最明亮
往往是因为
夜特别黑

## 13

最被欣赏的
不是笔直的树
而是被扭曲身躯的盆栽

## 14

水是柔软的
溪流里的石头
却没有棱角

## 15

没有平坦的路通到山顶
只有崎岖的小道
才能登上高峰

16

蝴蝶在花丛中起舞
有人兴致勃勃地追捕
一位长者却满脸愁容

17

黑夜里
你掌一盏油灯
我捧着心中的月亮

18

日落而息
我在夜空里
听到奔马的蹄声

19

海滩上贝壳的沉默
是因为涛声
灌满了耳朵

## 20

黄叶无声地飘落
流星却划出
一道耀眼的光

## 21

巨石压住大地
一动不动
青草依然在生长

## 22

风肆意地吹着
你随风而行
我要找地方躲避

## 23

你用望远镜看我
我要拨开云雾
寻找尘海中的你

24

兔子说小河很深
老马说小河很浅
一位哲学家被难住了

25

在阳光下发现
走了一辈子的路
没有离开自己的影子

26

我关在书房里
专心看着书
一样听见犬吠的声音

27

掩耳盗铃的人问
为什么聋子若无其事
而我总是心神恍惚

## 28

我提防浪花打湿裤腿
你想着如何抵达彼岸
我们能殊途同归吗

2020. 11. 27

# 暗　示（组诗）

## 暗　示

那片土地，郁郁葱葱
阳光下，弥漫花香
我走近，却听见蝉鸣
也见到螳螂和黄雀
于是，灰色的云
漫涌心空
一群蚂蚁，飘进
视野，以默默的劳作
向我暗示着什么

## 寻　找

走出铅字铺设的路
阳光被楼群遮住
蝙蝠，在巷陌盘旋

远处空蒙
心中的马嘶叫着
它在奔跑中
寻找那片消失的草地

## 思 念

歌声、笑声和哭闹声
随列车走远
雾，弥漫大地
人们在思念着
旷野上，一片苍茫

## 航 标

无数沉没的船
桅杆若隐若现
在时间的长河中
是航标吗，燃亮前程
熠熠的光，闪烁
先贤智慧的磷火

## 信 号

树，向上生长
炊烟追赶飞鸟的翅膀

小草发出
绿色的信号
尽管乌云一阵阵
压来，大地响起的
依然是春天的足音

2013. 3

# 闪　电

白炽的长鞭
撕裂昏暗的长空
彻底地一搏
不在于照亮谁
也不在于唤醒谁
而是要打开水帘洞
对世界做一次深度洗礼

2018. 7

# 石狮子

从岩石中走出
默默地蹲着
眼里闪动
暗夜的星光

流水远去
尘事无始无终
穿越沧桑几度
长鬃沾满了风雨

像城郭下
前世的哲人
望着长空云阵飘动
星宿迁移

2020. 7

# 记忆的绳子

1

想看清世界的人
常常被所见的事物
遮住了眼睛

2

我来不及收割小麦
骡子拉着碾子
已转过春夏秋冬

3

从行囊里掏出旧日子
我在一件风衣的皱褶
看见了田野起伏的稻浪

4

一只鸟歌唱春天
而寒冬给予的回赠
没有葬礼就在荒野安息


5

记忆的绳子
没有拴住飘远的鸟语
我在空山捡拾落花


6

我摘取的浪花
都在醒来后
成为大海里的一声叹息


7

蒲公英随风飘动
你心中的云
会在哪片天空停下脚步

## 8

逆光中的一声唳鸣
让我看见飞过山峰的
是大雁不是老鹰

## 9

登上了顶峰
在你的身后
有多少人滞留途中

## 10

台风过去了
我听到的涛声里
还有大海的惊恐

## 11

只过了一个下午
一群小鸟就欢呼雀跃
宣布稻草人的失败

## 12

我总担心飞燕
寻找昨天的雨巷
在高楼的夹缝中迷路

## 13

大地在摇晃
一棵树站着不动
你有没有拽住

## 14

雨渐渐远去
日子的风铃
仍在飘响

## 15

鲜花装点大地
直到落英成泥
始终没有一丝喧哗

## 16

烛光飘着香火
紫烟如梦
多少心田开了莲花

## 17

秋风来了
我品着陈年普洱
心已放牧远山

## 18

磨盘在转动
你伤感着秋凉
我却去接碾出的白面

## 19

只有爱让我相信
你的束缚是为了让我
破茧而出的飞翔

## 20

坐在高铁上
还没看清路上的风景
目的地就到了

2019. 1. 7

一声鸟啼从树上滑落

我用心把它捧起

小鸟啊，我们一起

还邀上花儿蝶儿

捡拾遗失的野趣

第六辑

# 走回田园（组诗）

## 田　园

熟悉而陌生
荒草覆盖土地
四野空空，吹拂着
散漫的风

掸去泥尘
让足音叩响
岁月掩埋的小径
什么也不想不问了
铺开发黄的宣纸
临摹线装书里
那间茅屋，那不知
年份的南山和东篱
不重复当年的苦耕了
跃入那条小溪
还原我戏水的童真

一声鸟啼从树上滑落
我用心把它捧起
小鸟啊，我们一起
还邀上花儿蝶儿
捡拾遗失的野趣

## 清　风

从山后缓缓而来
树梢轻轻滑落
晃动着青青草叶
蘸满了阳光、晨露
和鸟啼。那清爽
甜润和芳馨，滤去了
市井的霓虹
融汇成游牧的影子
漫过困顿的心田
我张开肺叶，不禁贪婪
在山水草木间
放逐思绪的奔马

## 炊　烟

扭动着腰肢，缭缭绕绕
告别了炽热，在原野
乡村，挂一幅

古老的丹青
扶摇而上，多少次了
抬高过我的视野
牵动我的心绪
寻找翱翔入云的翅膀

今日却见，灯下
为我补衣，村口送我远行
的亲人。那灰白的一缕
是她飘动的鬓影

往事已经拂去
这安详的黄昏
把我的身心托付
广袤的净空

## 岸　边

我在这里，久久驻足
一弯小河，绕过身边
绕过悠悠的田野

清清的流水，潋滟
是否映照，我洗浴
童年的身影

水花晶莹，是否飘动
当年，姑娘的情歌
和亲人的叮咛

此时，牧童牵着
一曲笛音，渐行渐远了
河滩上，那风
很轻，很轻

## 禾　苗

一垄一垄，一片一片
多情的风抚摸着
起起伏伏，荡漾起
我迷失的记忆，那飘动的
不就是父亲下地的身影
母亲，牵我走出
田垄的喜悦吗

久违了，那片葱绿
浓情潮涌，有山歌
有笑容，一瓶玉液
灌醉了，我回归故里的心

## 郊 野

走出深巷，阳光卸下
霓虹灯的浓妆
风抹去阴霾，摇落
树梢的疲惫。小草被鸟啼
唤醒，放任地绿向天边
谁？牵动小河，走出地平线
吻着烂漫的云霞
一只彩蝶，展开翅膀
漫游在梦境

## 岸 柳

流水远去，千条依依
观世音的玉手
抚摸风，抚摸阳光
抚摸绵延的绿草
和那条弯曲的小路

抚摸岁月，岁月
却像奔马，而记忆
是一片缠绵的草地
留下深深浅浅的蹄痕

抚摸吧，抚摸那
乍凉还热的秋日

## 林　下

双脚踩到地上
心的翅膀落在草根
树干的皲裂
收藏了树梢的思绪
浮尘被虫吟拭去
彩霞换一身晚装
不问四季是否轮回
拾起身边的黄叶
放入潺潺而去的溪流

## 落　叶

候鸟远飞了
飘落的片片翎羽

不是手牵着手
呼唤过春风吗
不是扯起过大旗
追逐蓝天的白云吗
西风渐起

便倚着斜阳
悄然回归故里

我俯身拾起
把那叶淡然
夹进我心的书页

## 蒲公英

悠然而立，茵茵草地
打一把，微型的伞
撑起春天，撑起
游云追星的童趣

当秋日挂起斜阳
把一生的花絮
送入风中，不问起落
也不问去向

最终，散入大地
不留香，不留踪影
在草根深处，为我
铺就，延伸梦境的路

## 秋 雨

没有路标，没有地界
在那个乡野，悄悄落入
土地。曾经哭闹过
也曾在喧哗中说唱过
现在，躺在斜阳里
做一颗露珠，伴着草叶
任风的手，细细摩挲
拭去烟霞，轻抚生命的纹理
学前朝墨客，早起插柳
栽花。入晚，打扫黄叶和尘泥
还借归巢的鸟翅，摇响秋枝
飘落几行染霜的诗

## 小 屋

那一隅，地方天圆
树不惹尘，风也不惹尘
只有枝叶飘动如经幡
林涛声声如诵经
山前那间小屋，在绿荫里打坐
仁慈的阳光轻拂。无须另寻
圣地了，我信步而去
弥漫心田的，是夏日过后
那片闲静和澄明

2012. 2

# 遇　见

不经意，见到你
无言以对
只有微笑着
让心的蝶影飞出
平日的樊篱

追寻清香，来到
雪源深处
不管有无朔风
蝶翅，与花瓣相舞
盼不要零落成泥
待到山花烂漫
尽在丛中欢笑

蝉鸣唤来雷雨
浇绿大地
多情的风吹来

一串苦涩的果
谁尝试，这
人间的忧忧戚戚

此时，面对你
什么都不必说了
做一棵青竹
只有相伴而已

2021. 7. 11

# 走出云雾

走出昨天云雾
又遇今日的阴霾
蜗居家中，一杯
清茶，一本线装书
偶尔，看看
窗外树上的小雀

当然，我也曾心动
想走走南山
访访老友
问问菊花在风中
为谁开着

2017. 8

# 市井之外

## 1

市井之外
山巅飘起白云
如西域送来的哈达
拭去我心的纤尘

## 2

信步徐行
绿荫无影
见到的和没见到的
已渐渐远去
只留下耳际的
阵阵蝉声

## 3

不见葱茏
枯枝摇响了风

在失语的路旁
谁捡起西山的残阳

4

走近摩崖
石刻长满了青苔
我借夕照清理
心空一半是阴
一半是晴

5

满山橙黄与朱红
燃烧着西风
你在喟叹
我在想
如何收获金秋

6

一叶风筝
摇晃着天空
一个稚童
牵着长线稳住
大地一片从容

7

太阳睡去了
飘落一袭袈裟
四野无声
只见远山晃动
悠悠的青灯

8

大雨洗涤尘世
彩虹挂上天际
裸露的事物
在静静的湖面
轻轻地舞动

2020. 12. 2

# 暮色虚张

## 1

低垂的云，铺开
宣纸，怀素的狂草
弘一的禅韵
此时，清流漫入
久旱的田野

## 2

风，唤醒睡鸟
远处的马蹄声
挂上树梢，蚂蚁
默默衔来露珠
把草叶上的晨曦
抚摸得格外晶莹

3

绿荫，飘动着
悠悠的蝉鸣
无染的影子依恋
大地，经文的轻纱
过滤着入耳的风

4

云霞，爱抚着大地
小草，绿向天边
地平线牵着
我眼睛的触须
走得很远

5

逆行于时间的隧洞
那壁摩崖，爬满污渍
残损的石刻
在心的拓本，闪动
前朝的光影

6

橙黄与朱红
洒满了山山岭岭

葱茏的前生
卸下浮华，鸟鸣
斟满，一杯青茶


## 7

草木一枯一荣
荒芜，是烂漫的世界
谁知道，人生是
一缕马背上的风
你伸手拽住
针叶不落的松枝


## 8

大野混沌，有人
在高峰上竞走
我在山下，不理会
四季的喜怒
只听着，经幡
拂动的声音


## 9

草木青青
蝴蝶伴着鸟啼

舞动轻轻的阳光
风，以一杯又一杯酒
把我招到南山下
抱琴过来吧
这里，无尘无雾
只有淡淡的花香


## 10

一只山雀受惊
收住啼声，飞进树林
本来是大地迷人的一曲
我多想再听
草木却无语
溪水，轻轻流去


## 11

小河，盛满蓝天
苍茫深不可及
你是否知道
不管流缓还是流急
追逐着的，都是
自己的水声

## 12

阳光温柔，尘埃渐落
四野一片宁静
偶尔，风吹响树梢
是谁在叹息
我想说话，却咽了回去
端坐着，轻轻翻阅
案桌上那本书

## 13

弯弯曲曲，绵延不息
不管上古或近世
在河中都是卵石
茫茫时空，代代人逝
只见流水
飘着雾色烟影

## 14

不远处，铺开一镜
清凉的湖，爱原来在
若有若无的波光中沉浮
我从发梢取下梦呓
你在风中转身

垂柳不动，飞鸟不啼
心比平静更平静


15

斜阳，即将退场
那山那水，渐渐隐去
鸥鸣飘过，亮出
天边霞的乳晕
搁浅的船收起了
那片黯淡的帆影


16

暮色虚张着，天空
掌起了青灯
群山如众僧打坐
四野的虫鸣，传来梵音
我没有念经
在空谷中脱下尘衣


17

路，静静地躺着
远处一声鸟叫
无人应答，只有

瘦月躲在树梢
斑驳的大地
人世沧桑
转眼已到今宵

18

漫步临水的绿道
不知岸柳有情或无情
那艇桨声，渐渐
刷屏所有的事
只见渔火，轻轻晃动
我想，是谁在掂量
昏暗与光明

19

四野寂静
唯有蟋蟀的弹奏
数落着尘世的悲欢
我收回弥漫的眼光
只望着素月
细品桂树的花香

2018. 7. 3

# 吸一口花草的清新

不需饮料，不需食品
只希望，走出剧场
来到绿草地，摘下
看戏的眼镜

这里，会有
马群奔跑，还有
牛羊偶尔的叫声
不要紧，歇一会儿吧
让阳光照进
心的缝隙，让风
轻轻拂动衣襟

看看蝴蝶和蜜蜂
听听麻雀，浅唱低吟
这就满足了，何需
大鼓响锣的强音

如果你来了，更好
不用互致问候
也不必手牵着手
只要默契的眼神
在各自的站位
静静地，吸一口
花草的清新

**2021. 1. 16**

# 水的帷帘

弹起低音的琴
如不绝的涛声
穿过黑色的天幕
在沉寂的回音壁
取代了虫鸣

旋律的变奏
谱成一帘清幽
润泽了驿动的心
冥冥中尘事
渐渐澄净

一夜潇潇
织就水的帷幔
垂落大地
模糊了远近
孵育着无我的梦境

檐溜的淅沥
恍若轻敲木鱼
那窗灯火
飘来一曲
悠悠的梵音

2013. 5

# 这里不是枫桥

没有客船
也没有钟声
渔夫已经离去
只见晚风摇晃渔火
那叶小艇一动不动
白鹭，拢起翅膀
在海滩上守望着

我无心觅小诗了
悄悄地离去

2018. 6

# 拾起一片黄叶

那片树林，郁郁
葱葱，阳光下
召来小鸟
歌唱着东风

一只鸽子，羽毛
鲜亮，飞起又飞落
碧空传来
清脆的啼声

今日，鸽哨疲惫
树干皲裂，无奈
年轮在递增
岁月有情却无情

我拾起沾着哨音的
那片黄叶，在徜徉
望着西天彩霞
任秋风拂动

2021. 5. 17

# 菊花泛着金黄

曾经，在海滨
追逐浪花
在花间捕捉蝶影
也曾经在风雨路上
寻找那朵彩云
那时，阳光飘荡着
我们的歌声

今日，雁阵南飞
菊花泛着金黄
你回头笑了
坐下，唤我共品
普洱的幽香

2019. 8

# 独　坐

小河的流水
从不回头
村边的木棉
抵不住花的凋落
头上的青丝染了霜
青春被谁劫走

他孑然一人
坐在石凳上
望着远去的路
一动不动
任萧瑟的风吹着
寂寞守护寂寞

2021. 2. 9

# 秋　钓

秋水清澈平静
浮起一江冷清
岸柳的枝条黄了
拂动着莫名的心绪
那叶小艇不动
载满了似有似无的风
一位老人吐着烟圈
在夕照下垂钓
钓着倒影的枯山瘦岭
钓着余生的与世无争

2021. 3. 25

# 观 荷

微风，拂过
荷塘醺醉
芳华尽秀，荣有情
枯，也有情

你还未走近，只见
绿盖翻动红裙
莲下，鸳鸯戏水
清波，有声无声

游人离去，谁怜惜
映日的荷花
唯有蜻蜓，来去
独飞，田田荷叶中

2021. 6. 14

# 喜　鹊

欲晴却阴的天
风，萧萧
鸟儿未回，只有
草木，叶落枝摇

谁去点亮春色
却成，一地落英
田野的希望
飘入，茫茫阴云

边城的古笛
吹响，幽怨的一曲
皱了出行人的眉
皱了，满塘的涟漪

村姑，燃一炷明烛
默默祈许，不想
留住风的影子
香雾，漫过雨丝

请过来吧，且借
呵护，在这
一隅，共一壶
陈酿，半盏红茶

让山更空，天
更远，望一列雁阵
北去，听山泉
唤喜鹊登上新枝

2021. 6. 11

# 夜练书法

三月的夜，惊蛰唤醒
虫鸣，灯下却无声
研墨几许，只在
逡巡魏晋和大唐
留落的残痕

情愫聚于毫端，让
行云随风，流星
成雨，徐徐
飘落泾县一页
红星宣纸

默默中，心潮
轻轻起落
倾注的，或见
大漠风烟，或见
江南十八景

月影下，关住
一窗夜色，灯火
悠悠，如圣殿
香雾，缭绕着
古筝的清音

2021. 3. 6

# 大 海

面对那无边无际
那奔腾不息
浪花飘过我的心胸
涌动一个
烂漫的世界

海鸥蹁跹
舞动着水上芭蕾
渔帆穿梭
传递着风扬起的
一波一波喜悦

在这水一方
不必遮遮掩掩
就让阵阵涛声
荡起阳光
放逐我的心愿

2021. 7. 2

# 出　海

潮水在涌动
我驾着云游的梦

此时，我是一朵云
让浪花滤去纤尘
鸥翅领着
飘啊，飘入净空

此时，我是自由的风
牵手温润的阳光
在一色天海
融作宝石的碧蓝

不需要市井的烟火了
也不需要暮鼓晨钟
世事都在云水外
我只听悠悠的涛声

2018. 3. 24

夕阳，多么慈祥

我们一遍遍祈祷

美景不要远去

让我们继续

沐浴你的霞光

第七辑

# 妈 妈

## 1

春分过后
椿树还没长出叶子

妈妈把坛里的米
用公社旧报纸
包了一半，叫我
拿给隔壁的招二婶
妈妈说，她家烟囱
几天没冒烟了
我说剩下的米，不够
一顿饭，妈妈说
我们还有番薯

我回来后
妈妈把我拉到跟前

摸了摸我的头
微笑着

## 2

老师来家访
弟弟逃学
在学校打架
爸爸气得
拿起竹鞭就打

妈妈拖开爸爸
把弟弟拉进怀里
一边为他擦眼泪
一边用药油揉他屁股
你为什么这样呢
让爸爸妈妈都生气
这样，谁会喜欢你啊
………

说着说着，妈妈
掉下了眼泪
弟弟依偎着妈妈

这时收住了哭声
一次次抽噎着

## 3

妈妈打盒饭去开工
中午，工友们到饭馆去了
妈妈把盒饭浇点酱油
算是午餐了
后来工友告诉我们

妈妈啊，我们
兄弟四人吃饭穿衣读书
都靠你，但也不能这样啊
妈妈笑着说，没事，习惯了

## 4

我要到九里外的学校
住读了，忙于功课
有时几个周日没回家

一次，回到家
妈妈拉着我看半天

好久没见你了
我说，为了功课
妈妈说，有空
回来看看妈呵

当时我觉得平常
现在想来，才知道
妈妈，太疼她的孩子了

## 5

我要下乡做知青了
妈妈为我打背包
打好拆开，再打
已经几次了
妈妈说，农村苦
但锻炼人，你去吧
有机会我们去看你

我看见妈妈
眼眶是灰暗的
昨夜，一定没睡了
眼睛是红的
她强忍着泪水

## 6

苦楝树落叶了
妈妈，住进医院
我们围坐在她身边

她把耳环摘下
这是结婚时戴上的
现在该给你们了
存折在抽屉里
钱，不多
你们平均了就好了

我马上说
不要说这些
你很快就会好的
我，转过身
眼泪簌簌地掉下

## 7

妈妈在最后的日子
每天，我们都望着
夕阳，多么慈祥
我们一遍遍祈祷
美景不要远去
让我们继续
沐浴你的霞光

# 奶奶的生日

大清早，爸爸领着我
泡一杯古树普洱
送到奶奶面前，祝她
生日快乐，还说
晚上吃团圆饭
奶奶的脸庞
像点亮的灯笼

饭菜摆上桌
叔父一家也过来了
在大家的说笑中
爸爸打来电话
要晚些回家
他一向守时
奶奶八十大寿
还不能按时回来
一定有意外

我们等了很久

那辆熟悉的车

在门外停下了

我看见，爸爸被人扶下车

他的腰直不起来

十年前，一场洪水

爸爸来到地势最低的下坑村

从房顶上背起一个老人

洪水冲过来

爸爸的腰扭伤了

从此，腰痛变成老病

当爸爸自己走进来时

手上还提着生日蛋糕

坐下就说祝寿的话

奶奶笑得桃花一样

但爸爸的脸色是青灰的

他没有离开过座位

大家以为是疲劳

爸爸啊，此时

我不知道说什么好

# 爸爸退休了

爸爸退休了
还是像闹钟一样准时
起床　梳洗　早餐
去哪里呢　上班
快到办公楼了
才慢下来　绕道离开
或是沿大街转圈
或是到海边看灯塔
回家了　坐回老藤椅
架起老花镜
读当天的报纸
平静的面容
常常流露一点茫然

后来　爸爸起居依旧
但看不出前时的表情
早餐后就要出门
妈妈问他干吗去
他说　上班

我们一时懵了
原来他被聘去做
离退休老干部的工作
爸爸说　大家要我干
我推不了啊

退休快三年了
乡镇的同志还会请他
去检查指导工作
他说　检查指导就不必了
去看看你们还可以
一出去就是一整天
干什么呢　听同去的人说
又下农田　又进工厂
看得十分仔细
一副检查指导的样子

一次　又要下乡了
我跟着他去
来到一片玉米地
他钻进去　半天没出来
像回到了娘家
抚着一杆含苞吐穗的玉米说
老兄　好久没见了
长得更高　胎胞更壮了

好啊　符合形势要求啊
这是什么话呢
我差点笑出声来

到了乡里　已近中午
随主人坐下
一开口就问　农民
收入多少　收支状况如何
爸爸啊　你烦不烦
说是来看人家
一见面还是老一套

在回家的路上
我跟爸爸聊天
有意拉起一个话题
有句话　很富哲理
——人要善于变换角色
话还没说完
爸爸看了我一眼
长叹一声　你知道吗
他们是我们的衣食父母
我无言了　说什么好呢
看他还是那么严肃
还是那么硬朗

# 搬家纪事

银石北园改造
建起了莲安雅苑
我又要搬家了
却碰到难题

一九七九年三月
我第一次搬家
从泥砖屋搬进砖瓦房
一个下午就把两张木板床
四把竹椅，一张方桌
还有半箱书，搬进去了

从砖瓦房搬进新楼房
是一九九三年十月
在新房里添了美的空调
雪花冰箱，熊猫牌电视机
我们还追看着电视剧《渴望》

今天搬家，让我意外
刚接完搬家公司电话
又收到一个玩收藏的人
发来短信，问我家
那只百鸟朝凤的瓷缸
能不能出让

母亲说，瓷缸过去盛大米
现在用不上，可以卖掉
搬家是自家的事
从来没听说过
还要请别人
家里有车，多跑两次
半天工夫就可以了

儿子有另一种说法
瓷缸是祖上传下来的
要留住，现在搬家
都是请搬家公司
不用自己搬

从妻子的笑容，很明显
她是站在儿子一边的
我在想，瓷缸是
文物，不能卖
请不请搬家公司
让我喝半盏米酒
抽完一根烟
再琢磨琢磨

# 名家评说罗春柏诗歌

　　罗春柏的诗有感而发、缘情而起。从罗春柏的诗作里，读出了非常明晰而坚定的文学操守。罗春柏的诗情，是从血管里涌出来的血，真诚、由衷，不逢迎不矫饰，是心中真实的感受和精心营构的意境，因此也就具有巨大的感染力。把哲学和情感的力量，通过诗句征服读者，是罗春柏诗歌的独特魅力所在。

　　罗春柏那些感慨人生、喟叹生活之作，哲思悠悠，晓畅隽永，每成警策。诗人不仅是潇洒的，而且是宽容的，不仅有悲怆，而且又很达观。

　　融合、借鉴了中国古典诗词的意境、格调和节奏，又汲取了现代诗歌的哲理追求和语言表现，传递自己独特的人生感悟和心灵呼声，是许许多多当代中国诗人追求的境界，而罗春柏基本可以说是一个成功的范例。他的诗简洁、凝练，哲理深邃，格调超迈，感觉敏锐，语言奇崛，妙处令人击节，无论从宏观还是微观来看，都将有不俗的前景。

　　　　　　　　**——著名作家、原中国作家协会副主席　陈建功**

罗春柏的诗歌归纳为三大特点："静、禅、爱。"诗抵达了一种宁静、安谧的境界，富有禅意，字里行间又充满着对土地、时代、生活的热爱。

**——著名诗人、原中国作家协会副主席　高洪波**

罗春柏的诗有一种必要的无或必要的空，深刻地打动着普通人。这种空或无，本身就是一种隐蔽而强烈的时代性。

**——著名评论家、中国作家协会副主席　李敬泽**

罗春柏为人认真，做事也认真。他的诗如他的人，是实实在在的。读他的诗，不像读别的作品，他的写作不属于汪洋恣肆、意象密集的那种，而是恬淡的。不是他缺乏激情，而是它深藏了或转换了这种激情。他的才情是内敛的，低调而不张扬。他按照自己的方法默默地做，每一个字、每一个词、每一个比喻、每一个形容，都是细心地选择，字斟句酌，绝不苟且，他总是把每一字一词熨帖地置放在最合适的位置。

罗春柏的诗多短制，大多是短句、短章，画面甚疏朗，用字极节俭，形容重清雅。他一般不用繁词丽句，不知者以为是他不能，其实是他不为。他崇尚简约，慎言寡语，下笔总是寥寥，表面上似是拙于言辞，其实乃是刻意而为。因此，他的写作是一种洗尽铅华的清绝。

罗春柏的追求是一种淡远的风格，人们往往因为他的这种追求而轻忽他的深沉乃至他的禅机，他"狡黠"地利用这种清清浅浅的诗风，而成功地"雪藏"了深潜的意义。他让人在他的"极易"中寻觅，而这种寻觅有时却是"极难"。他的确是有意无意地造出了一个审美的迷局。

——著名评论家、北京大学教授、博导　谢冕

罗春柏不像一般旅游者那样，只是描述所到盛地的景观，而是在那里切切实实地追求一种精神的感悟。

诗人善于从细小的生活细节中发现诗意，有些诗短至四行或七行，如同古诗中的绝句，真正做到了以小见大、尺水兴波，在自然现象与生活细节中发现诗意，给人以启示。

——著名评论家、首都师范大学教授、博导　吴思敬

当人们追名于朝、逐名于市，罗春柏的诗却用淡泊宁静的心声，唤醒迷失的人性。他的诗写得很有性情，不少诗作如一杯清新淡雅的茶，是诗人灵魂的自画像。同时，也给予我们在现实生存中饱受创伤的心灵最好的疗养修复。

——著名诗人、中国作协诗歌委员会主任　叶延滨

罗春柏的诗风格偏淡，但对于生活的思考富有启示性，能唤起读者对人生、岁月、大地、生活的共鸣。

——著名诗人、评论家、中国人民大学教授、博导　王家新

罗春柏的诗"纯粹和淡泊"，无论在心象还是在语言上，在经验的提炼还是在文本的风格上，都有着纯粹、洗练、洁净的特点。而在美学的境界上，罗春柏所追求的是"淡泊"，境界是宁

静、深邃和高远。人生的种种境遇，荣辱与得失、悲欢与离合、热闹与冷寂，在他这里都被搁置，世俗意义上的动荡与摇摆，经过他的思索沉淀，都变成了生命的必由之路，变成了体味命运与生存的黄金，如此产生的一种旷达而宁静的心境也成为他的"诗格"，成为他的诗歌美学。

**——著名评论家、诗人、北京师范大学教授、博导　张清华**

罗春柏的诗如碎石瓦砾间抽出的绿芽，是一种甘甜式书写。

**——著名评论家、《人民文学》主编　施战军**

罗春柏有一颗"近禅的诗心"，赞赏罗春柏那些体现禅意的诗。

**——著名诗人、翻译家　树才**

罗春柏的诗正派、反抱怨、反颓废。他的诗安静、从容、优雅、厚道、步履轻松，很多地方都有意无意地透露出些许禅意。在挑选细节方面也很老到，很讲究。诗人让我更相信：信任细节，并把它们弯腰拣到自己的语言中来，是诗歌应该做的唯一的工作——当然，还必须要正派和悲悯打底。

**——著名评论家、诗人、中央民族大学教授、博导　敬文东**

# 后　记

　　这本诗集《记忆的绳子》，经过一段时间的收集、编辑和校对，终于要付梓了。这对关心我的朋友以及我自己，算是一个交代吧。我如释重负，心里十分高兴。

　　在这之前，我已出过两本诗集和一本应邀而列入丛书的诗选集，这本《记忆的绳子》算是第四本了。书中所收编的诗，是我退出工作岗位之后，休闲中所作，写写停停，写得自然而轻松。近十年了，今日才收编成集，我想也自有其特点吧。

　　最近，广东省作协著名作家影像摄制组前来珠海对我访谈，要我谈谈走上文学道路的创作经历。说实话，我还谈不上走上文学道路，只能说对文学艺术有兴趣，酷爱写作。我之所以有兴趣写作，大概有三个方面的原因吧。一、得益于家庭的教育和鞭策。父母对我们兄弟数人要求十分严格，一再教育我们只有努力读书才有出息，并以家族中一位先辈读上大学，毕业后在政府部门工作为实例激励我们。因此，我从小就有了努力读书的标杆和动力。二、得益于读书时，语文老师生动的讲课。他们常常推荐一些优秀文学作品供我们阅读并给予辅导，极大地激发了我对语文的兴趣，最后甚至让我对语文痴迷而执着。三、得益于丰富多彩的文学作品对我的影响。记得在上小学时就读过《三家巷》《苦菜花》和朱自清的散文《背影》《春》以及贺敬之的《回延安》等作品。在大量优秀文学作品的熏陶下，我对文学艺术更是喜爱有加。往往读到作品中某一段场景或人物的生动描写，读到某些精彩的句子，而受感染和陶醉，因此很早就有了想当作家、诗人的梦想。

后来，真有跃跃欲试的冲动了，初生牛犊不畏虎，模仿著名作家、诗人的作品，开始尝试着动笔。没想到，得到文学艺术界的老师们的关心和鼓励，作品在地方小报登载。继而，有一首诗在《南方日报》发表，我很高兴，兴趣进一步被调动起来，从此更勤奋了。到21世纪初，《诗刊》《人民文学》《中国作家》《星星》《诗潮》等期刊，陆续选用我的诗作。我的一些诗作入选了中国年度诗歌的多种选本，还在《诗刊》社举办的全球华人华文同题诗大赛中获过奖。诗集《枝头的绿羽》，荣获广东省第九届"鲁迅文学奖"。这个过程，我很受鼓舞，更努力向文学界老师、名作家、名诗人学习了，只有这样，才不辜负大家对我的关心和帮助。

《记忆的绳子》，也许是我要出版的最后一本诗集了，因此也是我很看重的集子。平日里，或对所遇的事和人有所感触，或对人生有所感悟，便记下来写成诗。由于是一种放松心态的写作，因而曾以不同形式来表达。效果如何呢？自己说不清楚，希望能让读者认可。不管如何，我觉得笔意还是自在的，循传统而不受约束，试图创新而不忘寻找诗味，叙述了一些经历和记忆，抒写了人性的一些思考，展示了自身一些情怀。但话又说回来，由于文学修养不足，功夫磨炼不够，这里面的不少诗作还是缺乏深度，缺乏韵味的。期望得到作家、诗人以及文学爱好者的指教。

这本集子的写作和编纂，曾得到新华社记者、珠海市委宣传部原副部长徐慧萍，广东省作协诗歌委员会副主任、珠海市作协主席、著名诗人卢卫平的指导和帮助；得到家人的默默支持和配合，期间还收到过女儿舒扬和侄女艺艺送给我的名人诗集，对于我更是激励；在收集和整理诗作过程中，得到市关工委办公室副主任姜利香不厌其烦的帮助。尤其是著名诗人、作家、中国作协诗歌委员会主任叶延滨杨泥夫妇，给予我不少支持和帮助。叶延滨老师为我前两本诗集写了序之后，又为这本集子写序，让我的诗集蓬荜生辉。除此之外，还有许多朋友关心和支持我的写作，在此一并表示诚挚的感谢！

2018. 8. 18